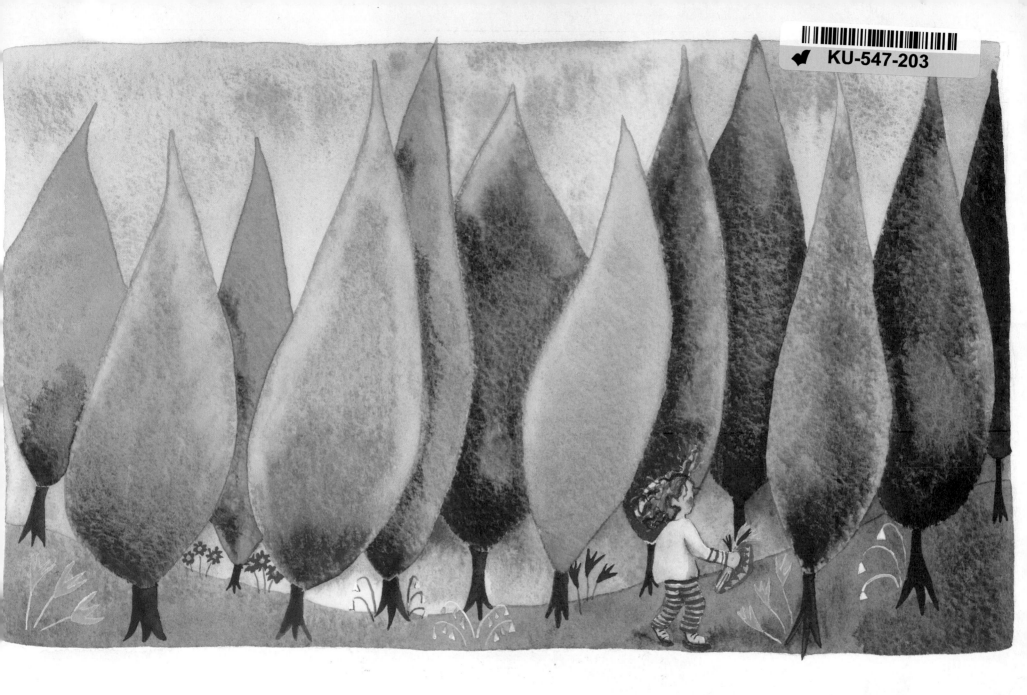

Goldilocks was having fun, collecting flowers for her mum.
She was heading **deeper** and **deeper** into the woods.

Stop Goldilocks, go back home,
Woods aren't safe when you're all alone.

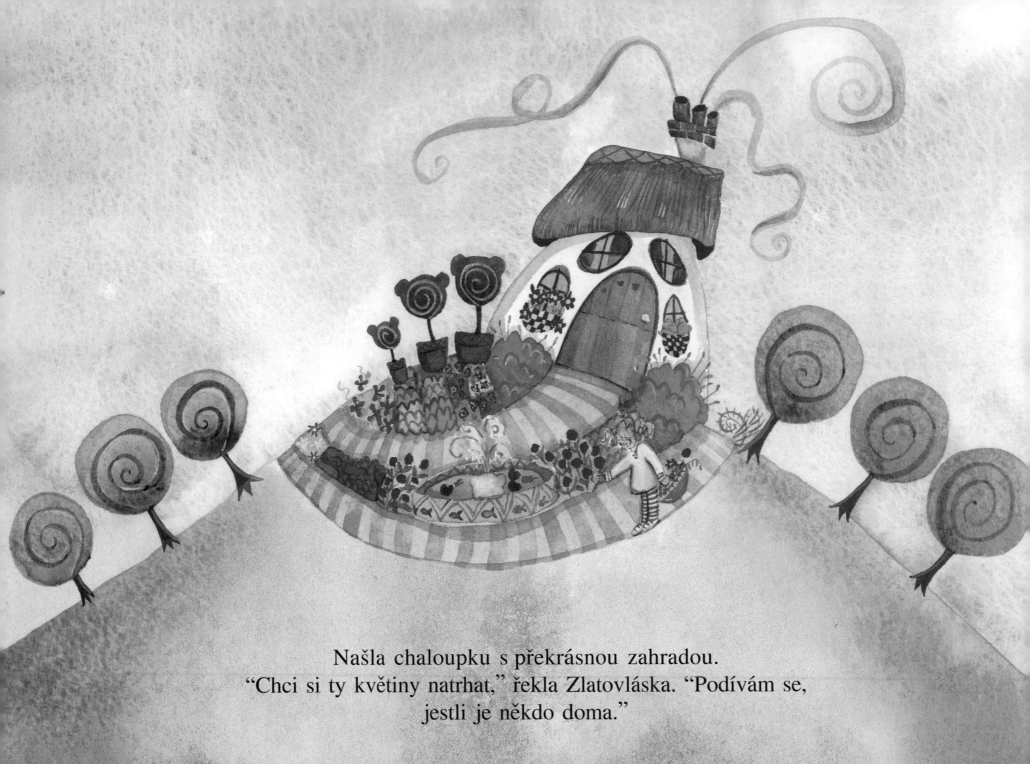

Našla chaloupku s překrásnou zahradou.
"Chci si ty květiny natrhat," řekla Zlatovláska. "Podívám se,
jestli je někdo doma."

She found a cottage with a beautiful garden.
"I want to pick those flowers," said Goldilocks. "I'll see if anyone's home."

Zla... ědi

Goldil... Bears

Czech translation by Milada Sal

Zlatovláska se bavila sbíráním květin pro maminku.
Mířila **hlouběji** a **hlouběji** do lesa.

Stůj, Zlatovlásko, vrať se hned domů,
není pro tebe bezpečno samotné uprostřed stromů.

Stůj, Zlatovlásko, měla bys ještě jednou zaklepat,
za dveřmi může i něco strašného čekat.

Stop Goldilocks, knock once more,
There may be something grizzly behind the door.

"Haló!" zvolala Zlatovláska,
"je někdo doma?"
Ale nikdo neodpovídal.

"Hello!" she called,
"is anybody home?"
But there was no reply.

Na stole ležely tři misky. Jedna velká mísa, jedna
střední a jedna malá mistička.
"Mňam, kaše," řekla Zlatovláska, "já mám hlad."

On the table were three steaming bowls. One big
bowl, one medium sized bowl and one small bowl.
"Mmmm, porridge," said Goldilocks, "I'm starving."

*Stůj, Zlatovlásko, nejednej chvatně,
všechno by mohlo dopadnout špatně.*

*Stop Goldilocks don't be hasty,
Things could turn out very nasty.*

Zlatovláska nabrala lžíci kaše z velké misky.
"Au!" zaplakala. Bylo to příliš horké.

Goldilocks took a spoonful from the big bowl.
"Ouch!" she cried. It was far too hot.

Potom ochutnala
z prostřední misky.
"Fuj!" Bylo to příliš studené.

Then she tried the middle bowl.
"Yuk!" It was far too cold.

Ale ta malá mistička, ta byla tak akorát
a Zlatovláska ji celou snědla!

The small bowl, however, was just right
and Goldilocks ate the lot!

S pěkně plným bříškem se vydala
do další místnosti.

With a nice full tummy, she wandered
into the next room.

Počkej, Zlatovlásko, nemůžeš jen tak chodit
a v cizím domě slídit.

Hang on Goldilocks, you can't just roam,
And snoop around someone else's home.

Před hořícím a sálajícím krbem stály tři židle. Jedna velká židle, jedna střední a jedna malinká židlička.

In front of the warm, glowing fire were three chairs.
One big chair, one medium sized chair and one small chair.

Zlatovláska nejdříve vylezla na velkou židli, ale ta byla příliš tvrdá.
Potom vylezla na prostřední židli, ale ta byla příliš měkká.
Ale ta nejmenší židlička, ta byla tak akorát.
Zlatovláska se pohodlně opřela a vtom....

First Goldilocks climbed onto the big chair, but it was
just too hard.
Then she climbed onto the medium sized chair,
but it was just too soft.
The little chair, however, felt just right.
Goldilocks was leaning back, when...

...nohy se zlomily a ona spadla na zem!
"Au," plakala, "hloupá židlle."

Ach ne, Zlatovlásko, cos to udělala?
Rychle se zvednout a utíkat, to bys měla.

SNAP! The legs broke
and she fell onto the floor.
"Ouch," she cried.
"Stupid chair!"

Oh no Goldilocks, what have you done?
Get up quick, get up and run.

Zlatovláska byla unavená,
proto se vydala po
schodech nahoru.
V ložnici byly tři postele.
Jedna velká postel, jedna
prostřední a jedna malinká
postýlka.

Goldilocks felt tired so she made her way upstairs.
In the bedroom were three beds.
One big bed, one medium sized bed and one small bed.

Zlatovláska vylezla na velkou postel, ale ta byla příliš hrbolatá. Potom zkusila prostřední postel, ale ta se moc houpala. Ale ta malá postýlka, ta byla tak akorát a Zlatovláska v ní rychle usnula.

She climbed up onto the big bed but it was too lumpy. Then she tried the medium sized bed, which was too springy. The small bed however, felt just right and soon she was fast asleep.

Probuď se, Zlatovlásko, otevři očka,
velkého překvapení se možná dočkáš!

Wake up Goldilocks, open your eyes,
You could be in for a BIG surprise!

A v tu chvíli tři medvědi
přicházeli domů.
Táta Medvěd nejříve
klopýtnul o košík, potom se
podíval na stůl.

Just then the three bears came home.
After tripping over a basket,
Father Bear noticed the table.

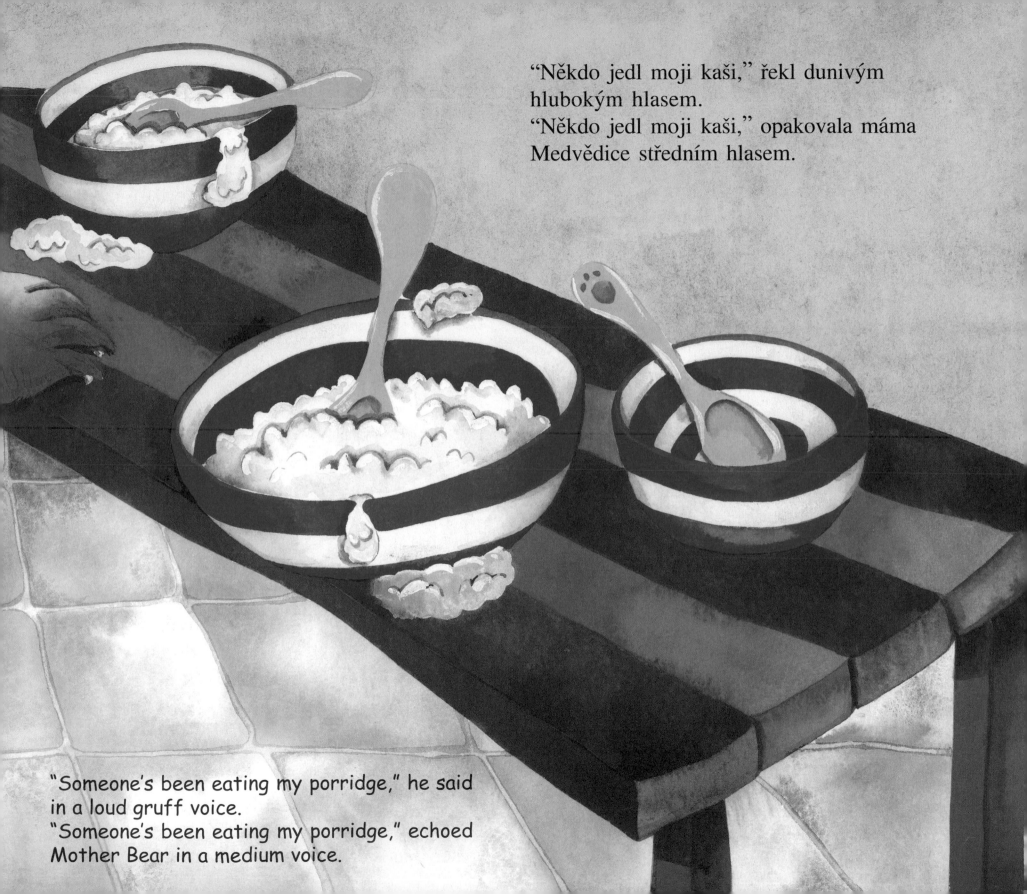

"Někdo jedl moji kaši," řekl dunivým hlubokým hlasem.
"Někdo jedl moji kaši," opakovala máma Medvědice středním hlasem.

"Someone's been eating my porridge," he said in a loud gruff voice.
"Someone's been eating my porridge," echoed Mother Bear in a medium voice.

"Někdo jedl moji kaši," plakal malý Medvídek
slabým hláskem, "a celou mi ji snědl!"

"Someone's been eating my porridge," cried Baby Bear in a small voice,
"and they've eaten it all up!"

Tři velmi hladoví medvědi se sice báli trochu
ale květiny sbírající příšera nebudila až
tolik strachu.

Three very hungry bears, feeling slightly wary,
But a flower-collecting monster
doesn't sound too scary.

Chytli se za ruce a vplížili se do světnice.
"Někdo seděl na mé židli," řekl táta Medvěd dunivým hlubokým hlasem.
"Někdo seděl na mé židli," opakovala máma Medvědice středním hlasem.

Holding hands, they crept into the living room.
"Someone's been sitting in my chair,"
said Father Bear in a loud gruff voice.
"Someone's been sitting in my chair,"
echoed Mother Bear in a medium voice.

"Někdo seděl na mé židli," vzlykal malý Medvídek
slabým hláskem, "a podívejte, zlomil mi ji."
A rozplakal se.

"Someone's been sitting in my chair," cried Baby Bear
in a small voice, "and look, they've broken it!"
He burst into tears.

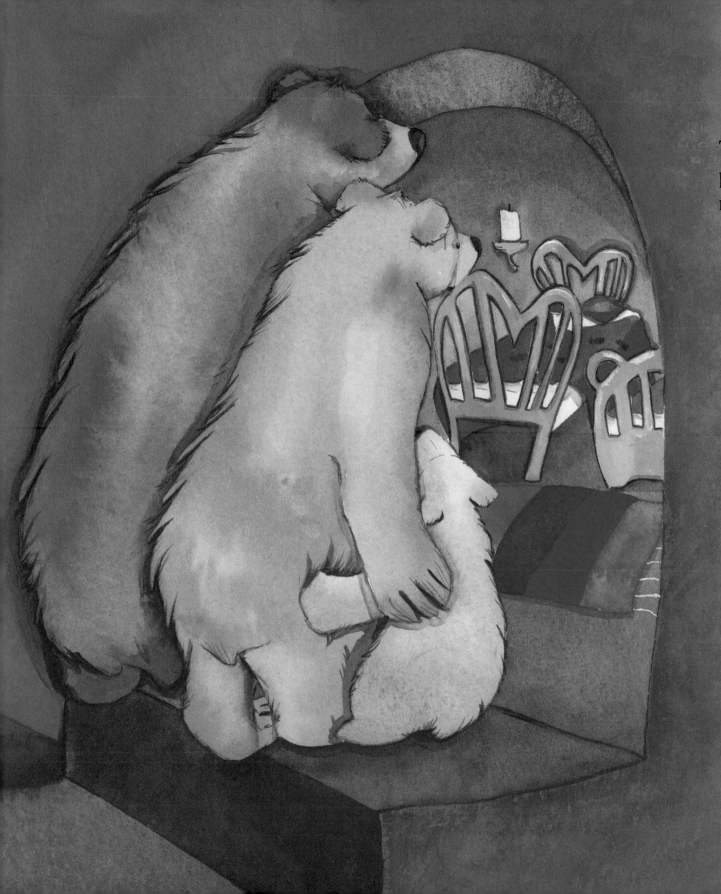

Teď už se začali bát. Potichu
po špičkách vyšli po schodech
nahoru do ložnice.

Now they were very worried.
Quietly they tiptoed up the
stairs into the bedroom.

*Tři vystrašení medvědi nevěděli,
co najdou, když stoupali vzhůru
snad nějakou židli lámající
příšeru, nejhorší svého druhu.*

*Three grizzly bears, unsure
of what they'll find,
Some chair-breaking monster
of the meanest kind.*

"Někdo spal v mé posteli," řekl táta Medvěd dunivým hlubokým hlasem.

"Someone's been sleeping in my bed," said Father Bear in a loud gruff voice.

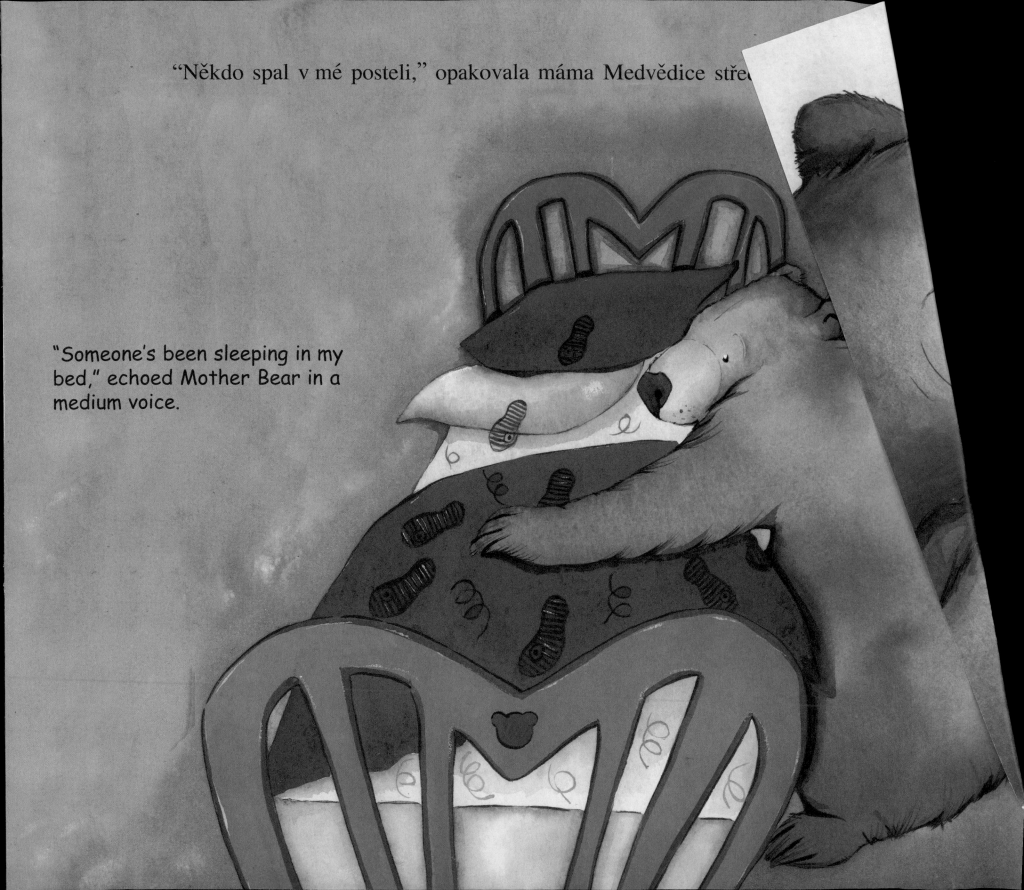

"Někdo spal v mé posteli," opakovala máma Medvědice stře...

"Someone's been sleeping in my bed," echoed Mother Bear in a medium voice.

"Někdo spal v mé posteli," zakňoural malý Medvídek tím nejslabším hláskem, "a podívejte!"

"Someone's been sleeping in my bed," wailed Baby Bear in a far from small voice, "and look!"

Zlatovláska se tím hlukem probudila a zaječela.

The noise woke Goldilocks up and she screamed.

Zatímco se medvědi vzpamatovávali
z toho leknutí...

While the bears were
recovering from their shock...

Zlatovláska vyskočila z postele, seběhla po schodech, popadla svůj prázdný košík a zmizela.

Goldilocks leapt out of bed, ran down the stairs, grabbed her empty basket and fled.

Vidíš, Zlatovlásko, dobře ti tak,
medvědi tě porádně vystrašili,
a co kdybychom malé tajemství vyzradili:
Ti tři ubozí medvědi byli vyděšeni zrovna tak.

Well Goldilocks, it serves you right,
Those bears gave you a terrible fright.
But here's a secret that must be shared,
The three poor bears were just as scared!